묘한 운율집

The Kitten's Garden of Verses

알려두기

1) 이 책은 자유 이용 저작물 <<The Kitten's Garden of Verses>>(Oliver Herford, 1911)를 저본으로 삼아 번역하였습니다.

2) 이 책의 그림은 모두 <<The Kitten's Garden of Verses>>(Oliver Herford, 1911) 원본에 실린 삽화를 복원한 것입니다.

3) 외래어 표기법은 국립국어원 외래어 표기법을 최대한 반영하였습니다.

4) 한국 문화에 맞게끔, 그리고 원문에 최대한 가깝게 의역하였습니다.

묘한 운율집

The Kitten's Garden of Verses

차례

6 겨울과 여름 WINTER AND SUMMER

10 비 RAIN

12 그림자 고양이 THE SHADOW KITTEN

16 교육 EDUCATION

18 문득 든 생각 A THOUGHT

22 사자 THE LION

26 우유병 THE MILK JUG

28 행복한 생각 HAPPY THOUGHT

30 아기 고양이의 야심한 생각 KITTEN'S NIGHT THOUGHT

35 펑크 THE PUNCTURE

36 좋은 아기 고양이, 나쁜 아기 고양이 GOOD AND BAD KITTENS

42 예측 ANTICIPATION

44 외지의 아기 고양이들 FOREIGN KITTENS

48 즐거운 탈거리 THE JOY RIDE

50 쉬운 오름이로다 FACILIS ASCENSUS

54 아기 고양이의 전적인 의무 THE WHOLE DUTY OF KITTENS

56 외출 THE OUTING

62 강아지 THE PUPPY

66 달 THE MOON

70 금빛 고양이 THE GOLDEN CAT

74 아기 고양이의 공상 A KITTEN'S FANCY

78 가장 어두운 아프리카에서 IN DARKEST AFRICA

84 개 THE DOG

88 놀이 THE GAME

WINTER AND SUMMER

In Winter when the air is chill,
And winds are blowing loud and shrill,
All snug and warm I sit and purr,
Wrapped in my overcoat of fur.

In Summer quite the other way,
I find it very hot all day,
But Human People do not care,
For they have nice thin clothes to wear.

And does it not seem hard to you,
When all the world is like a stew,
And I am mich too warm to purr,
I have to wear my Winter Fur?

겨울과 여름

싸늘한 겨울엔

바람이 시끄럽고 매섭게 불 때에

털 코트에 쌓인 나

포근하고 따뜻하게 앉아서 갸릉갸릉.

참으로 반대되는 여름에

나는 하루 종일 더워해.

하지만 인간 사람들은 신경 쓰지 않아

얇디얇은 옷을 입으니까.

온 세상이 불가마인 와중에

갸릉갸릉 거리기 너무 더운데

겨울옷을 아직도 입어야 하는 게

너는 안 힘들 것 같아?

[...겨울옷을 아직도 입어야 하는 게 너는 안 힘들 것 같아?]

RAIN

The rain is raining everywhere,
Kittens to shelter fly—
But Human Folk wear overshoes,
To keep their hind paws dry.

비

여기저기 비가 내려
아기 고양이들은 숨을 곳을 향해
인간 동물들은 신을 신네
뒷발이 젖지 않게.

THE SHADOW KITTEN

There's a funny little kitten that tries to look like me,
But though I'm round and fluffy,
He's as flat as flat can be;
And when I try to mew to him he never makes a sound,
And when I jump into the air he never leaves the ground.
He has a way of growing,
I don't understand at all.

Sometimes he's very little and sometimes he's very tall.
And once when in the garden when the sun came up at dawn
He grew so big I think he stretched half-way across the lawn.

그림자 고양이

나를 따라 하는 이상하고 작은 아기 고양이가 있는데
나는 둥글고 폭신하지만
걔는 납작하디납작해
내가 걔한테 야옹 말을 걸면 걔는 아무 소리도 안 내
그리고 내가 폴짝 뛰어도 걔는 바닥에서 떨어지지 않아.

걔는 이상하게 커지기도 하고
전혀 알 수가 없어.
걔는 키가 아주 작기도 하고 어떨 때는 매우 커.
언젠가는 새벽녘에 정원에서 해가 떴을 때
정원의 절반까지나 키가 커졌어.

[...나를 따라 하는 이상하고 작은 아기 고양이가 있는데...]

EDUCATION

When People think that Kittens play,
It's really quite the other way.
For when they chase the Ball or Bobbin
They learn to catch a Mouse or Robin.

The Kitten, deaf to Duty's call,
Who will not chase the bounding ball,
A hungry Cathood will enjoy,
The scorn of Mouse and Bird and Boy.

교육

사람들은 아기 고양이들이 논다고 생각하지만
사실은 완전히 정 반대야.
우리는 공이나 실패*를 쫓으면서
쥐나 참새 잡는 법을 배우지.

뛰는 공을 쫓지 않으려는 아기 고양이,
해야할 일에 등을 돌리는 아기 고양이는
배고픈 고양이가 되고
쥐와 새와 꼬마의 비웃음을 견디겠지.

*실을 감는 동그란 도구. 잘 굴러다님.

A THOUGHT

It's very nice to think of how
In every country lives a Cow
To furnish milk with all her might
For Kittens' comfort and delight.

문득 든 생각

모든 나라에

소가 산다는 게 참 좋네

아기 고양이의 편안함과 기쁨을 위해

온 힘을 다해 우유를 만들어 낸다는 게.

[...아, 크고 게으른 갈색 사자야...]

THE LION

The Lion does not move at all,
Winter or Summer, Spring or Fall,
He does not even stretch or yawn,
But lies in silence on the lawn.

He must be lazy it is plain,
For there is moss upon his mane,
And what is more, a pair of Daws
Have built a nest between his paws.

Oh, Lazy Lion, big and brown,
This is no time for lying down!
The Sun is shining, can't you see?
Oh, please wake up and play with me.

사자

이 사자는 전혀 움직이지 않고
겨울이나 여름, 봄, 가을이 되도록
기지개를 켜거나 하품하지도 않고
그저 침묵하며 정원에 누워 있어.

게으른 것이 분명해
갈기에는 이끼가 가득해
더군다나 까마귀 한 쌍이
발 사이에 둥지를 텄잖니.

아, 크고 게으른 갈색 사자야
지금은 누워 있을 시간이 아니야!
해가 떴잖아, 보이지 않아?
아, 제발 일어나서 나랑 놀아줘라.

[...그녀는 온 힘을 다해서 내 아침밥 그릇을 채워주지.]

THE MILK JUG

The Gentle Milk Jug blue and white
I love with all my soul,
She pours herself with all her might
To fill my breakfast bowl.

All day she sits upon the shelf,
She does not jump or climb—
She only waits to pour herself
When 'tis my supper-time.

And when the Jug is empty quite,
I shall not mew in vain,
The Friendly Cow, all red and white,
Will fill her up again.

우유병

저 곱고, 파랗고 하얀 우유병을
나는 내 혼신을 다해 사랑해
그녀는 온 힘을 다해서
내 아침밥 그릇을 채워주지.

온종일 그녀는 선반 위에 앉아서
뛰어내리거나 어딘가를 오르지도 않고
그저 내 저녁 시간이 되어
부어내기를 기다리지.

그리고 병이 완전히 비면
내 울음소리는 헛되지 않고
온통 빨갛고 하얀 친절한 소가
다시 그녀를 채워놓을 테지.

HAPPY THOUGHT

The world is so full of a number of Mice

I'm sure that we all should be happy and nice.

행복한 생각

이 세상에 가득 찬 수많은 생쥐

그 덕에 우리가 모두 행복하고 친절해야지.

KITTEN'S NIGHT THOUGHT

When Human Folk put out the light,
And think they've made it dark as night,
A Pussy Cat sees every bit
As well as when the lights are lit.

When Human Folk have gone upstairs,
And shed their skins and said their prayers,
And there is no one to annoy,
Then Pussy may her life enjoy.

No Human hands to pinch or slap,
Or rub her fur against the nap,
Or throw cold water from a pail,
Or make a handle of her tail.

아기 고양이의 야심한 생각

인간 사람들이 불을 끄고는
밤만큼 까맣다고 생각할 때
마치 불이 켜졌을 때만큼이나
야옹이는 아주 작은 것도 보이지.

인간 사람들이 위층으로 올라가
살갗을 탈바꿈하고 기도문을 외울 때
귀찮게 하는 사람이 없으니
그제야 야옹이는 삶을 즐기지.

인간 손이 꼬집거나 야단치지도
수건으로 털을 비비지도
물통으로 찬물을 끼얹지도
꼬리를 손잡이로 만들지도 않아.

And so you will not think it wrong
When she can play the whole night long,
With no one to disturb her play,
That Pussy goes to bed by day.

밤새도록 놀 수 있는데

노는 걸 방해할 사람이 그 누구도 없는데

네가 보기에도 잘못된 게 아닐 거야

야옹이가 낮이 돼서야 잠을 자는 게.

THE PUNCTURE

When I was just a Kitten small,
They gave to me a Rubber Ball
To roll upon the floor.

One day I tapped it with my paw
And pierced the rubber with my claw;
Now it will roll no more.

펑크

내가 아직 작은 아기 고양이였을 때
그들이 내게 바닥에 굴릴 수 있는
고무 공을 줬어.

어느 날 내 발로 톡톡 쳐서
내 발톱으로 고무를 뚫었어
이제는 더 이상 안 굴러.

GOOD AND BAD KITTENS

Kittens, you are very little,

And your kitten bones are brittle,

If you'd grow to Cats respected,

See your play be not neglected.

Smite the Sudden Spool, and spring

Upon the Swift Elusive String,

Thus you learn to catch the wary

Mister Mouse or Miss Canary.

좋은 아기 고양이, 나쁜 아기 고양이

아기 고양이들아, 너희는 아주 작아
그리고 아기 고양이 뼈는 잘 부러져
너희가 훌륭한 고양이로 자라려면
놀이를 소홀히 하지 않도록 하렴.

난데없는 실패를 강타하고 폴짝
재빠른, 꿈틀거리는 실 위로 뛰어
그렇게 너희는 생쥐 선생이나 카나리아*양을
잡는 법을 배우게 되지.

* 작은 새의 한 종류

That is how in Foreign Places
Fluffy Cubs with Kitten faces,
Where the mango waves sedately,
Grow to Lions large and stately.

But the Kittencats who snatch
Rudely for their food, or scratch,
Grow to Tomcats gaunt and gory, —
Theirs is quite another story.

Cats like these are put away
By the dread S. P. C. A.*,
Or to trusting Aunts and Sisters
Sold as Sable Muffs and Wristers.

*Society for the Prevention of Cruelty to Animals; 1824년도 영국에서 처음 설립된 동물 복지를 위한 협회

이런 방식으로 망고가 살살 흔들리는
낯선 곳에 사는
아기 고양이 얼굴을 한 복슬복슬한 새끼 사자도
크고 위엄 있는 사자로 크는 거지.

그러나 음식을 가지려고 무례하게
잡아채거나 할퀴는 야옹이는
삭막하고 폭력적인 어른 야옹이로 크지
걔네는 이야기가 완전히 다르지.

몹시 무서운 동물 연맹연합회에게
그런 고양이는 잡혀가거나
믿을만한 이모나 언니들에게 보내지거나
모피 목도리나 토시로 팔리지.

ANTICIPATION

When I grow up I mean to be
A Lion large and fierce to see.
I'll mew so loud that Cook in fright
Will give me all the cream in sight.

And anyone who dares to say
"Poor Puss" to me will rue the day.
Then having swallowed him I'll creep
Into the Guest Room Bed to sleep.

예측

내가 원하는 대로 어른이 되면
그 누가 보기에도 크고 용맹한 사자일 거야.
너무 크게 야옹대서 주방장이 공포에 질려
보이는 모든 크림을 내게 줄 거야.

그리고 나한테 감히 "가엾은 야옹이"라고
말하는 자는 그날을 후회할걸.
내가 그를 삼키고
손님 방 침대에 기어 들어가 잘 테니까.

[...그 누가 보기에도 크고 용맹한 사자일 거야.]

FOREIGN KITTENS

Kittens large and Kittens small,
Prowling on the Back Yard Wall,
Though your fur be rough and few,
I should like to play with you.

Though you roam the dangerous street,
And have curious things to eat,
Though you sleep in barn or loft,
With no cushions warm and soft,
Though you have to stay out-doors
When it's cold or when it pours,
Though your fur is all askew—
How I'd like to play with you!

외지의 아기 고양이들

큰 아기 고양이, 작은 아기 고양이가
뒤뜰 벽을 어슬렁거려
너희의 털은 거칠고 얼마 없지만
나는 너희와 놀고 싶어.

너희는 위험한 길바닥을 돌아다니고
신기한 것을 먹지만
너희는 헛간이나 다락에서 잠을 자지만
따뜻하고 부드러운 방석도 없이
바깥에서 있어야 하지만
춥거나 비가 쏟아질 때면
너희의 털이 모두 삐딱해지지만-
너희와 놀고 싶구나!

[...너희는 위험한 길바닥을 돌아다니고 신기한 것을 먹지만...]

THE JOY RIDE

When Mistress Peggy moves around,
Her dresses make a mocking sound.
"You can't catch me!" they seem to say—
I often steal a ride that way.

즐거운 탈거리

페기 아가씨가 여기저기 움직일 때
그녀의 드레스는 날 비웃는 소리를 내.
"넌 날 잡을 수 없지!"라며 말하는 듯하지만-
나는 가끔 저쪽으로 몰래 타곤 해.

FACILIS ASCENSUS

Up into the Cherry Tree,
Who should climb but little me,
With both my Paws I hold on tight,
And look upon a pleasant sight.

There are the Gardens far away,
Where little Foreign Kittens play,
And those queer specks of black and brown
Are naughty cats that live in Town.

And there among the tulips red,
Where I may never lay my head,
I see the Cruel Gardener hoe
The baby weeds that may not grow.

쉬운 오름이로다

체리 나무 위로 누가 오르나 싶지만
내가 오르지
두 손으로 나는 꽉 잡고
즐거운 풍경을 내다봐.

저기에는 저 먼 정원이 있고
작은 외지 고양이가 노는 그곳
그리고 저 이상한 검고 갈색 점들은
도시에 사는 나쁜 고양이들이야.

그리고 내가 머리를 절대 뉠 수 없을
저기 빨간 튤립 사이에
아기 잡초가 나지 못하도록
괭이질하는 잔혹한 정원사를 나는 보지.

Now I climb down—"Oh dear,"—I mew,
"Which end goes first—what shall I do?
Oh, good Kind Gardener, big and brown,
Please come and help this Kitten down."

이제 나는 내려오려는데-"어쩌냐옹"

"어느 쪽이 아래로 향하지-나는 어떻게 하지?

아, 크고 갈색인 착하고 친절한 정원사님

이리로 와서 이 아기 고양이를 내려주세요."

THE WHOLE DUTY OF KITTENS

When Human Folk at Table eat,

A Kitten must not mew for meat,

Or jump to grab it from the Dish,

(Unless it happens to be fish).

아기 고양이의 전적인 의무

인간 사람들이 식탁에서 먹을 때

아기 고양이는 고기를 달라며 야옹거리면 안 돼

접시에서 집으려고 뛰어서도 안 돼

(생선이 아니라는 가정하에).

THE OUTING

My Bed is like a little Bark,
The hatch is battened down,
And in the basket cabin dark
I sail away from Town.

Now, when they lift the lid, a scene
Of wonder meets my eyes,
Tall waving Feather-Dusters green,
That seem to touch the skies.

And over all the Ground is spread
A Rug of Emerald sweet,
Most deep enough to hide my head
And tickly to my feet.

외출

내 침대는 작은 나무 껍데기 같고
뚜껑은 아래로 고정되고
어두운 바구니 객실 안에서
도시 밖으로 항해하지.

이제, 그들이 뚜껑을 열 때면
경이로운 경관이 내 눈을 맞이해
키 큰, 나풀대는 초록색 깃털 먼지떨이가
하늘을 만지는 듯 해.

그리고 바닥 전체에 펼쳐진
달콤한 에메랄드빛 양탄자가
머리를 숨길 정도로 너무나 길고
내 발도 간지럽히지.

And here's the Cow, calm-eyed stands she,
The Genie of the Jug,
Beneath the Feather-Duster-Tree,
And eats the Emerald Rug.

여기 소도 있어, 차분한 눈으로 선 그녀

우유병의 요정이

깃털 먼지떨이 나무 아래서

에메랄드빛 양탄자를 먹어.

[...개는 튤립 밭에서 뛰어놀고 하얀, 빨간 꽃을 씹어먹어...]

THE PUPPY

The Puppy cannot mew or talk,
He has a funny kind of walk,
His tail is difficult to wag
And that's what makes him walk zigzag.

He is the Kitten of a Dog,
From morn till night he's all agog—
Forever seeking something new
That's good but isn't meant to chew.

He romps about the Tulip bed,
And chews the Flowers white and red,
And when the Gardener comes to see
He's sure to blame mamma or me.

강아지

강아지는 야옹거리거나 말하지 못해
걔는 걷는 것도 이상해
꼬리를 흔드는 것도 어려워서
그것 때문에 지그재그로 걸어.

걔는 개의 아기 고양이야.
아침부터 밤까지 걔는 늘 들떴어-
늘 새로운 걸 찾아
다 좋은데 씹어서는 안되는 것들이야.

걔는 튤립 밭에서 뛰어놀고
하얀, 빨간 꽃을 씹어먹어
그리고 정원사가 와서 보고는
분명 우리 엄마나 나를 탓할걸.

One game that cannot ever fail
To please him is to chase his tail—
(To catch one's tail, 'twixt me and you,
Is not an easy thing to do.)

If he has not a pretty face
The Puppy's heart is in its place.
I'm sorry he must grow into
A Horrid, Noisy Dog, aren't you?

개를 무조건 만족시키는 것은
자기 꼬리를 잡으려는 게임
(너에게만 말하자면, 꼬리를 잡는 건
쉬운 일이 아닌걸.)

얼굴이 예쁘지는 않더라도
그 강아지의 마음만은 올바르지.
난 개가 지독하고 시끄러운 개로
자랄 거라는 게 아쉬워, 안 그래?

THE MOON

The Moon is like a big round cheese
That shines above the garden trees,
And like a cheese grows less each night,
As though some one had had a bite.

The Mouse delights to nibble cheese,
The Dog bites anything he sees—
But how could they bite off the Moon
Unless they went in a balloon?

And Human People, when they eat
They think it rude to bite their meat,
They use a Knife or Fork or Spoon;
Who is it then that bites the moon?

달

달은 정원수 위에 빛나는
크고 둥근 치즈 같아
그리고 치즈처럼 밤마다 작아져
마치 누군가가 한입 베어먹은 듯 말이야.

쥐는 치즈를 야금야금 즐겁게 먹고
개는 보이는 건 다 베어 물지만-
풍선을 타고 올라간 게 아니라면
어떻게 달을 물어뜯었을까?

그리고 인간 사람들은 먹을 때
고기를 베어 먹는 걸 예의 없다고 생각해
칼이나 포크나 숟가락을 쓰는데
그러면 도대체 누가 달을 베어 무는 걸까?

[...달은 정원수 위에 빛나는 크고 둥근 치즈 같아...]

THE GOLDEN CAT

Great is the Golden Cat who treads
The Blue Roof Garden o'er our heads,
The never tired smiling One
That Human People call the Sun.

He stretches forth his paw at dawn
And though the blinds are closely drawn
His claws peep through like Rays of Light,
To catch the fluttering Bird of Night.

He smiles into the Hayloft dim
And the brown Hay smiles back at him,
And when he strokes the Earth's green fur
He makes the Fields and Meadows purr.

금빛 고양이

위대한 금빛 고양이는 우리 머리 위
파란 지붕 정원을 디디지
절대 지치지 않고 웃는 그이
인간 사람들은 해라고 부르지.

그는 새벽녘에 발을 앞으로 뻗고
커튼이 바싹 닫혀 있더라도
발톱이 빛줄기처럼 빠끔히 나와
밤의 퍼덕이는 새를 잡으려고 하지.

그는 어두운 건초 다락 속으로 미소 짓고
갈색 건초는 미소로 화답해
그리고 그가 땅의 초록 털을 쓰다듬을 때면
들판과 초원은 갸릉갸릉 거리지.

His face is one big Golden smile,
It measures round, at least a mile—
How dull our World would be, and flat,
Without the Golden Pussy Cat.

그의 얼굴은 큰 금빛 미소야

동그랗게 재보면 최소한 1킬로미터-

금빛 야옹이가 없다면

우리 세상이 얼마나 심심하고 납작할까.

A KITTEN'S FANCY

The Kitten mews outside the Door,

The Cat-bird in the Tree,

The Sea-mew mews upon the Shore,

The Catfish in the Sea.

The Emu with his feathers queer

Is mewing in the Zoo.

Why is it that I never hear

A Pussy-willow mew?

아기 고양이의 공상

아기 고양이는 문밖에서 야옹

괭이갈매기는 나무에서

바다사자는 바닷가에서 야옹

괭이상어는 바다에서.

특이한 깃털을 가진 에뮤*는

동물원에서 야옹거리는 중

왜 나는 들어본 적이 없지

괭이밥**의 야옹을?

*오스트레일리아산 큰 새. 빠르게 달리기는 해도 날지는 못함.

**식물의 일종

[...왜 나는 들어본 적이 없지 괭이밥의 야옹을?]

IN DARKEST AFRICA

At evening when the lamp is lit,
The tired Human People sit
And doze, or turn with solemn looks
The speckled pages of their books.

Then I, the Dangerous Kitten, prowl
And in the Shadows softly growl,
And roam about the farthest floor
Where Kitten never trod before.

And, crouching in the jungle damp,
I watch the Human Hunter's camp,
Ready to spring with fearful roar
As soon as I shall hear them snore.

가장 어두운 아프리카에서

저녁에 불이 켜져 있을 때
피곤한 인간 사람들은 앉아
졸거나 근엄한 표정으로
책의 얼룩덜룩한 페이지를 넘기지.

그럴 때면 나, 위험한 아기 고양이는
그림자 속을 배회하며 조용히 으르렁
그리고는 가장 먼 층으로 아기 고양이가
발 디딘 적 없는 곳을 거닐어.

그리고 눅눅한 정글에 웅크려
인간 사냥꾼의 진영을 감시해
끔찍한 으르렁거림과 뛰어오를 준비
그들이 코 고는 소리를 들을 때를 대비.

And then with stealthy tread I crawl
Into the dark and trackless hall,
Where 'neath the Hat-tree's shadows deep
Umbrellas fold their wings and sleep.

A cuckoo calls—and to their dens
The People climb like frightened hens,
And I'm alone—and no one cares
In Darkest Africa—down stairs.

그러고는 발을 살며시 디디며 나는 기어
어둡고 인적 없는 복도로
모자-나무의 깊은 그림자 아래에서
우산이 날개를 접고 자는 곳으로.

뻐꾸기가 울고 사람들은 침실로
겁먹은 닭들처럼 오르지
그리고 나는 혼자야- 아무도 신경 쓰지 않아
가장 어두운 아프리카- 아래층에서.

[...잘 자란 고양이는 하지 않을 일들이야.]

THE DOG

The Dog is black or white or brown
And sometimes spotted like a clown.
He loves to make a foolish noise
And Human Company enjoys.

The Human People pat his head
And teach him to pretend he's dead,
And beg, and fetch and carry too;
Things that no well-bred Cat will do.

At Human jokes, however stale,
He jumps about and wags his tail,
And Human People clap their hands
And think he really understands.

개

개는 까맣거나 하얗거나 갈색이고
가끔은 광대처럼 점박이일 때도 있고
얼빠진 소리를 내는 걸 매우 좋아하고
그걸 인간 친구들은 즐기지.

인간 사람들이 머리를 쓰다듬고
죽은 척을 하도록 가르쳐
주세요, 가져와, 그리고 가져가도
잘 자란 고양이는 하지 않을 일들이야.

인간 농담에는, 아무리 싱겁더라도
개는 뛰어다니며 꼬리를 흔들어
그리고 인간 사람들은 손뼉을 치며
개가 정말로 이해한다고 생각해.

They say "Good Dog" to him. To us
They say "Poor Puss," and make no fuss.
Why Dogs are "good" and Cats are "poor"
I fail to understand, I'm sure.

To Someone very Good and Just,
Who has proved worthy of her trust,
A Cat will sometimes condescend—
The Dog is Everybody's friend.

그들은 개한테 "착한 강아지"라고 해.

우리에게는 "가엾은 고양이"라며 호들갑 떨지 않아.

왜 강아지는 "착한" 거고 고양이는 "가엾은" 건지

난 이해 불가야, 정말로.

아주 바르고 평등한 누군가에게

믿을 만하다는 걸 증명한 그 누군가에게는

고양이는 가끔 못마땅해할 거야-

개가 모두의 친구라는 걸.

THE GAME

Watching a ball on the end of a string,
Watching it swing back and to,
Oh, I do think it the pleasantest thing
Ever a Kitten can do.

First it goes this way, then it goes that,
Just like a bird on the wing.
And all of a tremble I crouch on the mat
Like a Lion, preparing to spring.

And now with a terrible deafening mew,
Like a Tiger I leap on my prey,
And just when I think I have torn it in two
It is up in the air and away.

놀이

실 끝에 달린 공을 보는 게
왔다 갔다 흔들리는 걸 보는 게
아, 고양이가 할 수 있는 것 중
최고로 최고 즐거운 일이라고 생각해.

먼저 이쪽으로 갔다, 저쪽으로 가지
마치 날갯짓하는 새처럼.
그리고 나는 매트 위에 웅크려 온통 떨며
사자처럼, 폴짝 뛸 준비를 하지.

그러고는 공포스럽게 귀청이 터질 듯이 야옹
호랑이처럼 사냥감 위로 뛰어올라
그리고 내가 그걸 두 갈래로 찢었다고 생각하는 순간
그게 공기 속으로 오르며 날아가지.

[...공포스럽게 귀청이 터질 듯이 야옹...]

묘한 운율집

초판 1쇄 발행 2024년 10월 14일
ISBN 979-11-982752-7-1

지은이 Oliver Herford
옮긴이 나나용
펴낸이 서용재
펴낸곳 나나용북스
출판등록 제2023-000070호
홍보 지원 구세나 김수정 김태린 문혜림 서용선 임정미 정소연

전자우편 nanayongbooks@gmail.com
인스타그램 @nanayongbooks